KB196908

경로이탈

경로이탈

서경희 소설

📖 문학정원

차례

경로이탈

 서클렌즈를 빼고 화장 솜에 클렌징 오일을 묻혀 아이라인을 닦았다. 피시방에서 신나게 게임을 하다가 아빠한테 잡혀서 영문도 모른 채 미용실로 끌려왔다. 아빠는 벨벳 소파에 비스듬히 앉아서 새로 출연하는 일일극 대본을 보고 있었다. 소파에 앉아 한 번도 고개를 들지 않았지만 나를 지켜보고 있다는 걸 알고 있었다. 나는 모든 걸 내려놓고 미용실 거울 앞에 앉았다. 석양처럼 붉게 타오르는 오렌지색 염색모는 곧 검은 염색약을 뒤집어쓰고 말겠지. 내 머리 색을 좋아하는 가을과 '국어'가 떠올랐다. 가을은 친한 친구였고 국어는 방송반 담당 교사였다. 우리 셋은 제법 가깝게 지냈다.

티브이에도 종종 출연하는 헤어 디자이너가 거울에 비친 내 얼굴을 빤히 들여다보다 말했다.

"우리 정국이, 아빠 닮아서 꽃미남이구나."

인상이 나도 모르게 찌푸려졌다. 예쁘다는 소리는 딱 질색이었다. 누가 됐든 얼굴을 빤히 보는 것도 싫었다. 아기 때부터 방송에 출연하다 보니 내 얼굴이 공공재라도 되는 줄 알고 뚫어지게 바라보는 사람들이 많았다. 그게 싫어서 중학교 때부터 입술 한쪽 끝은 추켜올리고 얼굴을 찡그려서 코와 눈 근처에 주름을 잔뜩 만드는 연습을 했다.

기괴하게 구겨진 표정에 다급하게 고개를 돌리는 이들을 보면 묘한 우월감을 느꼈다. 특히 세상 착한 천사 코스프레를 즐기는 엄마의 미간에 주름이 생기는 모습이 재밌어서 자주 했다. 이제는 『노트르담의 꼽추』의 콰지모도만큼이나 표정을 괴팍하게 구길 수 있게 되었다. 하지만 디자이너는 내 표정에도 별 반응이 없었다. 오히려 머리카락을 뒤적이다가 새로운 먹잇감을 발견한 것 같았다.

"헬릭스에 피어싱했네. 엄청 아팠겠다."

디자이너가 흰색 뿔 모양의 피어싱에 관심을 보였다.

"피어싱 다 빼."

아빠가 명령했다. 오른쪽 귀에만 여섯 곳에 피어싱을 했는데, 귓바퀴 위에서 제일 앞쪽의 두꺼운 연골로 이루어진 헬릭스 부위를 뚫을 때가 제일 아팠다.

소독을 잘못했는지 염증이 생겨서 여러 달 고생했다. 육 개월이 되어가는데 아직도 진물이 흘렀다. 지금 피어싱을 뽑는다면 바로 살이 막히고 말 테지만, 헬릭스는 포기해야 할 것 같았다. 귀를 뚫을 때의 환상통이 미리 느껴졌다. 헤어 디자이너가 피어싱을 빼기 시작했다.

"새까맣게 염색해."

아빠는 고개도 들지 않고 말했다. 종종 아빠의 얼굴을 잊어버릴 때가 있었다. 옛 핸드폰 번호처럼 잊고 있다가 문득 아빠를 보고 아, 저게 아빠의 얼굴이었지, 자각하는 것이다. 『무진기행』이 생각났다. 한 번도 실제로 본 적 없지만 소설을 읽은 것만으로 생생하게 실감나는 '무진의 안개'가 자꾸 아빠를 내게서 감추는 것 같았다. 진작 "못 찾겠다 꾀꼬리", 소리 지르고 숨어 있던 아빠를 찾아나서야 했는지도 모르겠다. 이제 우리 사이는 너무 멀어져서 다시는 가까워질 수 없을 것 같았다.

 안개를 헤치고 나가면 진짜 인생이 있다는 국어의 말을 믿었던 때도 있었지만, 이제 나는 안개 속을 헤매는 과정이 진짜 인생이라는 걸 알고 있었다. 서른이 넘도록 이 단순한 진리조차 깨닫지 못하는 국어가 안됐다고 생각했다. 국어는 여든이 되어도 여전히 열여덟에 머물러 있을 것이다. 불쌍한 여자다.

 집으로 돌아와 아빠가 준 촌스럽기 짝이 없는 네모난 금테 안경을 쓰고 거울을 들여다보았다. 흑백 텔레비전 화면처럼 보였다. 장미 꽃잎처럼 탐스럽던 머리칼이 지금은 타르를 뒤집어쓴 걸레 같았다. 거울 속의 얼굴이 도무지 나 같지 않았다. 화장을 지운 피부는 허옇게 생기를 잃고 푸석거렸다. 나를 구성하는 그 모든 게 낯설었다.

 가을이 이 꼴을 보면 뭐라고 할까. 당장 미용실에 가자고 할까, 배꼽을 잡고 웃을까. 햇살을 받으면 갈치의 비늘처럼 은빛으로 빛나는 가을의 뺨이 떠올랐다. 그 뺨에 코를 묻으면 갓 세탁한 와이셔츠에서 나는 향기가 풍겼다. 향수나 비누를 쓰지도 않는데 그런 체취가 난다는 게 신기해서, 또 부위별로 미묘하게 다른 체취를 풍기는 게 신기해서, 틈만 나면 가을의 몸 이곳저곳에 코를 갖다 댔다. 이제 가을은 학교에 없었다. 그 끔찍한 일은 내가 잠시 방송실을 비운 사이에 벌어졌다.

 가을은 어느 날부터 다혜를 쫓아다녔다. 다혜는 공부도 잘하면서 얼굴은 에스파의 카리나를 닮아 예쁘고, 성격도 좋고 피구도 잘해서 모두의 호감을 샀다. 그런 퀸카가 반에서 빵셔틀보다도 못한 취급을 받는 가을을 만날 이유가 없었다. 학교에는 가을이 게이라는 소문이 돌았기 때문이다.

하지만 가을의 요구는 점점 협박이 되었고, 결국 다혜 앞에서 자기 얼굴을 난도질하기에 이르렀다. 다혜는 충격으로 그 자리에서 기절했다. 내가 자해 소식을 듣고 방송실에 달려갔을 때 가을은 하늘색 모포를 덮은 채로 들것에 실려 나오고 있었다. 얼굴 쪽에 핏물이 배어나서 가을이 죽은 줄 알았다.

"가을아, 가을아!"

나는 계단을 뛰어 내려가며 소리쳤다. 국어가 구급차에 올라탔다. 구급차를 따라 뛰었다. 학교 앞 사거리까지 쫓아가다가 그대로 서서 소리 내어 엉엉 울었다. 그날 이후 가을의 전화는 내내 꺼져 있었다. 가을이 입원한 병원이 어디

인지 몰랐다.

　그런데 누군가 학교폭력 신고함에 '정국이가 시켜서 가을이 자해한 것'이라는 투서를 넣었다. 나는 징계위원회에 넘겨졌다.

　아빠는 내게 이렇게 말했다.

　"모범생처럼 가만히만 앉아 있어. 그러면 된다."

　"가만히 앉아만 있으면 가을이 만나게 해주실 거죠?"

　"그래."

　그래서 교복을 단정하게 입었다. 내가 제법 전형적인 고등학생 같아 낯설었다. 내가 아닌 나는 그렇게 학폭위에 참석했다.

*

  교장실은 갑갑했다. 십 인용은 될 법한 긴 탁자 옆에 삼 인용 소가죽 소파가 놓여 있었다. 티와 간식거리가 준비되어 있었는데 손대는 사람은 없었다. 빈 의자 없이 학부모들이 빼곡히 들어찼다. 교장실이라기보다는 내원객으로 복잡한 토요일 오전의 신경정신과 대기실 같았다. 늦은 사람들은 의자에 앉지 못하고 서 있었다. 학생 주임이 보조 의자를 들고 와서 펼쳤다. 갑자기 숨쉬기가 불편해졌다. 누군가 목을 조이는 것처럼 답답했다. 얼굴에 피가 몰렸다. 공황발작 전조 증상이었다. 오늘 학폭위를 망쳐서는 안 된다. 그러면 가을을 다시는 못 만나니까. 상담사한테 배운 대로 코로 숨을 깊이 들이마셨다가 입으로 천천히 뱉어냈다. 천천히 마음의 안

정을 찾아갔다.

아빠는 화보를 찍는 현장처럼 어깨를 펴고 고개를 한껏 치켜들었다. 오늘따라 다비드 조각상 같던 얼굴은 그 빛을 잃고 푸석거렸다.

"정국이 아버님, 우리가 언제까지 참아야 합니까? 저도 자식 기르는 처지라 그동안 참을 만큼 참았습니다."

학폭위원장의 말을 시작으로 불만이 터졌다. 전적으로 동의했다. 그동안 친구들과 선생들이 피해를 본 건 사실이었다. 나도 저들의 참을성과 배려에 적잖이 놀랐다. '똥이 무서워서 피하냐 더러워서 피하지'라고 생각하는 이들도 있을 것이다. 하지만 나는 분노는 참을수록 커진다는 사실을 경험으로 배웠다. 이들이 분노를 어떤 식으로 터뜨릴지 지켜볼 일만 남아 있었다.

"우리 애는 학교 가기가 무섭다고 해

요. 내년이면 고3인데 학교 분위기가 이래서 애들이 공부나 제대로 할 수 있겠어요?”

다들 점잖게 말했지만 부드러운 표현에 독침을 숨기고 있었다. 고도로 정교한 화술이었다. 교장은 운영위원회 회장인 아빠와, 일반 학부모들 눈치를 동시에 보느라 쉽사리 논의에 끼어들지 못하고 밀려나 있었다. 아빠는 언제나처럼 의연했다. 안쓰러워 보이지도, 코너에 몰린 것 같지도 않았다. 갑자기 아빠가 카메라 앞에서처럼 연기하고 있는 게 아닐까, 궁금해졌다. 그런데 따지고 보면 여기서 연기하지 않는 사람이 있나?

“문신 사건 때와는 상황이 다릅니다.”

아빠가 항변했다.

나는 고등학교에 입학한 후 칫솔을 바

꾸듯 서너 달에 한 번씩 사고를 쳐댔다. 종류도 다양했다. 담임에게 욕설하고 주먹을 휘두른 일로 집에서 한 시간 반 거리인 이 학교까지 밀려왔다. 매번 퇴학 감이었지만 그때마다 아빠는 요술을 부리듯 전학 처리를 받아냈다. 돈의 힘이었다.

문신 사건은 이 학교에서 친 가장 큰 사고였다. 반에 '노답새끼'가 한 놈 있었다. 주둥이에 프로펠러를 단 것처럼 거짓말을 시부렁거리는 놈이었다. "문신하고 싶다, 문신해줄 사람 없냐?"라는 말을 반복했다. 교실에서 그 지랄을 떠는 꼴이 보기 싫어서 직접 그놈 어깨에 문신을 따줬다. 나무젓가락 사이에 바늘을 끼고 실로 칭칭 감은 다음에 학교 앞 문방구에서 파는 잉크를 사다가 밑그림도 없이 '짜져새꺄'라고 써줬다.

라이터로 바늘을 소독한 게 잘못됐는

지 노답새끼는 응급실에 실려갔다. 염증이 전신으로 퍼졌다고, 패혈증이 될수도 있다고 소문이 퍼졌다. 노답새끼는 열흘쯤 지나서 다시 등교하기 시작했다. 그사이 나는 교무실과 상담실을 들락거렸고 엄마는 노답새끼 병실에서 살았으며, 아빠는 하루에 열여섯 시간 넘게 와이어 줄에 매달려서 학교와 병원에 바칠 돈을 벌었다.

"가을이는 어떻게 됐습니까?"
 아빠가 처음으로 입을 열었다. 냉혈한의 외과의처럼 냉정하고 이성적인 목소리였다. 몇 년 전 영화에서 감정이 메마른 외과의를 연기해 영화제에서 조연상을 받기도 했다. 교장실은 순식간에 냉랭해졌다. 교장이 어렵게 입을 열었다.
"그게, 다시 학교로 돌아오기는 어려울 듯합니다"

교장실이 진공실이 된 듯 순식간에 조용해졌다. 가을이 자퇴하면 나도 학교를 그만둬야겠다. 물론 처음부터 학교에 미련 따윈 없었다. 가을이 아니라면 여기에 이렇게 우스꽝스럽게 앉아 있지도 않았을 것이다.

　"자살 시도를 했습니다."

　옆에 있던 학부모가 놀라서 정말이냐고 물었다. 나는 교장의 입만 쳐다봤다. 다음 말이 궁금해 귀가 일 센티미터쯤 늘어날 것 같았다.

　"송곳니로 동맥을 끊으려고 했다는군요."

　한숨 섞인 그 말은 처음 듣는 외계어 같았다. 칼도 아니고, 깨진 머그잔도 아니고, 송곳니로 동맥을 끊으려 했다니. 가을답다.

　"장기 입원을 시킬 모양입니다."

　갑자기 바닷물에 빠진 듯 호흡이 가빠

졌다. 가라앉아서 찰랑거리는 해수면을 올려다보며 해파리처럼 팔다리를 버둥거렸다. 얼굴과 귀가 시뻘게지고 목을 타고 흐르는 혈관이 팽창할 때까지 숨을 참다가 견디지 못하고 숨을 내쉬고 말았다. 자살하지 못하는 내가 병신 같았다. 점심시간 내내 물 한 모금 안 마시고 축구를 한 것처럼 입안이 갈라졌다. 야속하게도 종이컵에 녹차는 한 방울도 남아 있지 않았다.

"가을이는 자퇴했습니다."

사람들의 시선이 내게 모였다. 너는 어떻게 할 것이냐는 무언의 압박이었다. 아빠가 발끈했다.

"우리 정국이는 가을이와는 다릅니다. 지금 보이듯이 지극히 정상이고요."

말이 빨라지는 걸로 보아 아빠는 당황하고 있었다. 정신과 치료 병력이 들통날까 봐 긴장하는 것이리라. 도둑이 제발 저린다고 하지 않았던가.

한쪽에 가만히 서 있던 학부모가 말했다.

"피해 학생은 정신과 치료를 받기로 했다고 들었습니다. 정국이가 학교에 버티고 있으면 그 애가 학교로 돌아올 수 있겠습니까?"

아빠가 대답했다.

"정국이가 가을이를 그렇게 만들었다는 투서는 사실이 아닙니다. 증거가 전혀 없지 않습니까. 우리 정국이는 책임이 없습니다."

"정국이 아버님 말씀처럼 정국이가 결백할지도 모릅니다. 하지만 사실이 그렇다고 해도 정국이는 우리 학교와 어울리지 않는 게 사실이잖아요."

다른 학부모가 이에 맞장구쳤다.

"맞아요. 어차피 연예인이 될 건데 예고로 옮기는 게 더 좋지 않나요?"

어젯밤 잠들기 전에 가을 생각을 했더니 가을이 꿈에 나왔다. 방송실에 들어갔더니 가을이 오백 원짜리 커터 칼을 들고 있다. 나랑 만나줄래? 가을이 묻는다. 싫어. 내가 대답한다. 가을이 손목을 긋는다. 우리 사귀자. 싫어. 또 긋는다. 한 번만 만나줘. 싫어. 다시 죽 긋는다. 이래도 싫어? 자기 뺨을 긋는다. 수박이 갈라지듯 뺨이 벌어지고, 눈물처럼 피가 주르륵 흘러내린다.

새벽에 눈을 떴는데 사지가 뻣뻣해져서 한동안 몸을 움직일 수가 없었다. 꿈을 꾸면서 얼마나 울었는지 베개가 축축했다. 그런데 정말 그런 일이 있었을까? 가을이 성격에 불가능한 일이었다. 방송실에는 CCTV가 없었다. 모든 소문의 출처는 다혜의 입이었다.

한 학부모가 다른 얘기를 꺼냈다.

"정국이하고 가을이의 추문은 어떡할 겁니까? 실체가 없다고 그것도 그냥 덮어요?"

아빠가 발끈했다.

"소문이 사실일 리 없습니다. 내 아들이 뭐가 부족해서 남자를 좋아한다는 겁니까?"

학부모들은 입이 붙어버렸는지 더는 아무 말 하지 않았다. 하지만 눈빛이 매서웠다. 다들 소문을 믿는 눈치였다. 이십 년도 안 되는 내 인생에 지금처럼 수치스러운 일은 없었다. 침묵을 깬 건 아빠였다.

"전학으로 마무리하면 되겠습니까?"

아빠는 수십 번 연습한 대사처럼 정확한 발음으로 막힘없이 말을 내뱉은 뒤 자리에서 일어났다. 날 선 공기가 풀어지는 걸 보니 아빠가 그들이 원하는 결론을 내렸다는 사실을 알 수 있었다.

아빠는 타고난 연기자였다. 할아버지는 아빠가 법조인이 되길 바랐으나 아빠는 부자의 연을 끊다시피 하고 연예계에 발을 들여놓았다. 나는 생후 팔 개월 때 아빠와 분유 광고를 찍었다.

"똑똑한 아빠가 선택한 프리미엄 분유"

카피가 그랬다. 아이러니하게도 할아버지 등쌀에 들어간 서울대 타이틀이 연기자로 자리 잡는 데 큰 도움을 줬다. 나는 꽤 많은 광고를 찍었다. 아역 배우로도 활동했다. 평소의 나와 타인의 눈에 비친 나 중 무엇이 진짜 나인지 혼란스러웠다. 초등학교에 입학하고 연기는 그만두었다. 아빠도 내가 다른 일을 하기를 바랐다.

뭐가 되고 싶냐는 질문을 받을 때가 있다. 바보 같은 질문이다. 어떻게 살고 싶냐고 묻는 게 맞지 않을까. 직업이 필요하다고 생각해본 적 없었다. 어떻게 살고 싶냐고 묻는다면 두 번 다시 보고 싶지 않을 만큼 추한 얼굴을 하고 사람들이 두려워하는 전염병에 걸려서(예를 들면 에이즈 같은) 팔도를 유랑하다가 동사했으면 좋겠다고 답할 것이다. 장주네의 『도둑 일기』를 읽은 후부터 해왔던 생각이다. 쓰레기 같은 삶도 꿈이 될 수 있다면 나의 장래 희망은 '인간 쓰레기'였다.

*

교장실을 나와 교실을 향해 텅 빈 복도를 걸었다. 발소리가 생각보다 컸다. 발뒤꿈치를 들어 발소리가 나지 않게 했다. 교실 미닫이문이 요란한 소리를 내며 열렸다. 생각보다 큰 소리에 내가 더 놀랐다. 하필 국어 시간이었다. 수업이 잠시 멈췄다. 국어와 애들의 시선을 집

중적으로 받으며 사물함에서 물건을 꺼냈다.

국어가 물었다.

"어떻게 됐니?"

나는 말없이 국어의 눈을 쳐다보았다. 국어는 등굣길이나 복도에서 마주치면 아무에게도 들리지 않게 "정국아, 머리 색깔 진짜 예뻐."라고 말해주었다. 국어는 오늘도 바지를 입었다. 바지만 입는 이유를 알고 있었다. 허벅지 안쪽의 화상 자국 때문이었다. 고등학교 때 오토바이 사고 때문에 생긴 상처라고 했다.

"정학 받았어?"

쓰레기까지 가방에 쓸어 담았다. 빨리 교실을 나가고 싶었다. 국어가 뭔가를 자꾸 묻는 게 불편했다. 나는 소심해져 있었다. 화려하게 염색한 머리, 두꺼운 화장, 빈틈없이 주렁주렁 매단 피어싱 등, 나를 숨겨줄 만한 것이 아무것도 남지 않았다. 고개를 푹 숙였다.

"전학 가래?"

국어가 복도까지 따라 나와서 팔을 잡아 세웠다. 곧 울 것처럼 눈가가 붉어져 있었다. 국어의 얼굴은 제 나이처럼 보였다. 국어는 수시로 자신이 몇 살처럼 보이냐고 물었다. "선생님은 열여덟의 목소리를 가졌어요."라고 대답해주면 세상을 다 가진 사람처럼 행복해했다. 늙지 않는 목소리는 비극이라는 것을 국어는 몰랐다. 목소리는 실제 나이가 아닌 마음의 나이를 반영한다. 열여덟의 목소리로 산다는 건 영원히 열여덟의 마음으로 사는 것과 같다. 변하지 않는 것은 '진짜'가 아니라는 것을 국어는 언제나 깨달을까.

"우리 이제 못 만나는 거야?"

국어가 물었다.

"난 당신의 죽은 첫사랑이 아니에요."

내가 대답했다.

*

입술이 허옇게 튼 엄마가 비틀거리면
서 침실에서 나왔다. 내가 무슨 사고를
치든 원더우먼처럼 씩씩하던 엄마였는
데 이번에는 충격이 컸나보다. 아니면
지쳤을지도.

"어떻게 됐어요?"

아빠는 엄마에게 눈길도 주지 않고 드
레스룸으로 들어갔다.

"정국이가 말해봐. 어떻게 하기로 했
어?"

"전학 가기로 했어요."

인상을 잔뜩 구기고 대답했다. 엄마의
몸이 휘청였다. 잡아달라는 듯이 팔을
내게 뻗었는데 못 본 척했다. 엄마는 다
행히 쓰러지진 않았다.

"이제 어떡하니? 외국으로 다시 나갈 수도 없고."

또, 질질 짜고 지랄이다. 툭하면 우는 엄마가 이제는 지겹다 못해 짜증 났다. 나는 오른쪽 다리를 구부리고 왼쪽 다리를 질질 끌면서 방으로 걸어갔다. 엄마는 내가 일부러 다리를 저는 걸 싫어했다.

"뭐가 문제야? 불만이 있으면 말을 해."

우는 얼굴에 가래침을 뱉고 싶었다. 종일 담배를 한 대도 못 피웠더니 체내에 니코틴이 부족한지 짜증이 폭발하고 몸이 덜덜 떨렸다.

아빠는 집으로 돌아오는 차 안에서 약속을 뒤집고 가을을 만나지 못하게 했다. 자기도 가을이 어디에 있는지 모른다는 말에 기가 찼다. 차 안에서 아빠한테 물었다.

 "아빠 안 궁금해요. 내가 진짜 게이인지 아닌지."

 생각지도 못한 선제공격을 당한 아빠는 아무 말도 못 했다. 내가 이렇게 나올 것이라고는 생각지 못한 것 같았다. 아빠는 언제나 준비된 말만 하는 사람 같았다. 속에 있는 말을 그대로 내뱉지도 않았고, 화를 내는 일도 드물었다. 정국이가 내 아들 같지 않을 때가 많다고, 무슨 생각을 하고 사는지 머릿속을 들여다보고 싶다고 아빠가 말하는 걸 들은 적 있다. 아빠는 나에 대해 아무것도 모른다. 자기 얼굴에 똥칠하는 내가 그냥 미울 뿐이지. 낳지 말걸, 생각할지도 모를 일이었다. 미국에서 공부하고 있는 형만 낳았더라면 좋았을 텐데. 그랬다면 인간 쓰레기가 꿈인 나 같은 족속은 태어나지 않았을 테고 세상은 좀 더 좋아졌을 것이다.

"난 아니라고 생각한다. 헛소문이라고. 아니, 과장됐다고. 가을이랑은 친한 친구 사이인 거지?"

"점심시간에 같이 라면을 먹는 사이에요."

"급식을 먹어야지. 라면을 왜 먹어?"

"라면은 야동을 지칭하는 은어에요."

아빠는 몹시 놀랐는지 말을 잇지 못했다.

"라면 먹고 키스했어요. 남자끼리 하면 어떤 기분일지 궁금했거든요."

아빠가 급브레이크를 밟았다. 타이어가 아스팔트를 긁는 소리가 귀를 할퀴었다. 몸이 심하게 앞뒤로 흔들렸다. 사거리의 신호등이 붉은색으로 변했는데 차는 건널목을 반 이상 넘어가 섰다. 행인들은 횡단보도를 점령한 차를 화난 얼굴로 바라보며 손가락질했다. 아빠는 넋이 나가서 멍하게 앞만 응시했다. 신호가 바뀌자 아빠는 액셀러레이터를 서서히 밟았다. 터보를 단 배기관이 요란한 소리를 냈다. 아빠는 집에 도착할 때까지 날 투명인간 취급했다.

"엄마가 뭘 잘못했니. 다 고칠 테니까 제발 내가 뭘 잘못했는지 말해줘."
 엄마의 말을 못 들은 척하고 방으로 들어가 문을 잠갔다.
 "정국아!"
 절규에 가까운 엄마의 목소리가 들렸다. 담배부터 찾아 물었다. 방문을 부술 듯 두드려대는 소리가 사람을 미치게 만들었다. 오디오 음량을 최고로 올렸다. 당장 문을 열라는 아빠의 고함이 들려왔다. 구역질이 났다. 신물이 넘어왔다. 며칠 동안 제대로 된 음식을 먹지 않은 빈속에 담배를 피워서 속이 부대꼈다. 책상에 샛노란 위액이 점점이 뿌려졌다.

　집으로 돌아오는 차 안에서 아빠를 죽이고 싶었다. 여섯 살 때 이불 속에 있던 치와와를 엉덩이로 깔고 앉아서 죽인 적이 있었다. 버터 냄새를 풍기며 꼬물거리던 강아지가 차갑게 늘어져 있는 걸 보는 순간, 뭔가가 잘못됐다는 걸 깨달았다. 그때의 기억은 나이가 들수록 머릿속에서 점점 선명해졌다. 동물을 죽였으니 살인자도 될 수 있었다. 살생하는 상상에 시달렸다. 인간 쓰레기 대신 살인자가 되고 싶은지도 몰랐다. 그것도 부모를 죽인 패륜아가. 방문이 부서질 듯 쿵쿵댔다. 나는 연습실에서 쓰는 스틱을 꺼내 들고 드럼을 치듯 책상을 마구 두들겼다. 아빠는 사정없이 발길질했다. 경첩이 삐거덕 소리를 내며 떨어졌다.

"라면을 먹고 뭘 어쨌다고? 이 더러운 새끼."

이제야 분노를 분출하는 것 같았다. 아빠가 이성을 잃은 모습은 처음이었다. 방문은 바리케이드처럼 쓰러져 있었다. 하지만 내 분노도 만만치 않았다. 아빠는 가을을 만나게 해주겠다고 했으면서 손바닥 뒤집듯 약속을 어겼다. 피어싱을 포기하고 검게 염색까지 했는데. 심지어 아빠가 나한테 한 첫 번째 거짓말이었다.

"위선자, 거짓말쟁이, 개새끼."

생각나는 대로 아빠에게 퍼부어댔다. 아빠는 장애물 달리기 선수처럼 가볍게 바리케이드를 뛰어넘고 내 뺨을 사정없이 후려쳤다. 이명이 울리고 천장이 팽그르르 돌았다. 나는 비틀거리다 침대에 쓰러졌다. 짭짤하고 비릿한 피가 목구멍으로 넘어갔다.

속이 시원했다. 아빠와 엄마는 언제나 좋은 부모 역할을 연기하는 것 같았다. 사람이라면 흐트러지기도 하고 화도 내고 실수도 하고 큰소리도 내고 물건을 때려 부수면서 싸우기도 하는 게 맞는 게 아닌가.

하지만 저들은 나를 타이르고 설득하고 기다렸다. 괜찮아, 그때는 다 그런 거야, 네가 나빠서가 아니야, 기다릴게, 넌 달라질 거야, 예수님 같은 말을 쏟아내는 입을 진흙으로 막아버리고 싶었다. 도덕 교과서의 지문에나 등장할 법한 부모 앞에서 나는 더 사악하고 악랄하고 천한 똥개 같은 놈이 되고 마는 것이다. 나를 절벽으로 미는 것이 나의 선함에 대한 자신들의 절대적인 믿음이라는 걸 알고나 있을까. 나는 나처럼 쓰레기 같은 놈의 부모가 천사라는 걸 믿을 수 없었다. 그래서 저들과 내 얼굴 사진을

나란히 놓고 출생의 비밀을 의심하기도
했었다.

그런데 오늘 내가 아빠의 가면을 벗겨
버린 것이다. 통쾌해서 웃음이 터져나
왔다. 이럴 줄 알았으면 진작 자극할 걸
그랬다. 나는 침대를 치고 배를 잡고 몸
을 데구루루 구르며 미친놈처럼 웃었
다. 하지만 마음이 또 변덕을 부렸다. 심
기가 불편해졌다. 화가 치솟고 머리가
아프기 시작했다. 드라이버가 귓구멍을
뚫고 머릿속을 헤집는 것 같았다. 이명
이 눈과 코와 식도를 울려댔다. 나는 벽
에 머리를 사정없이 찍기 시작했다.

"으악"

비명이 절로 터져나왔다.

"쿵쿵쿵"

벽이 울리는 소리가 내 마음의 아우성
같았다. 엄마가 입을 틀어막고 울고 있
었다. 이마에서 흘러내린 피가 눈에 들

어가서 주위가 뿌옇게 흐려졌다. 아빠
가 내 몸을 덥석 안더니 드라마에서처
럼 소리 내어 울었다.

"연기하고 있네"

내가 말했다. 아빠와 엄마는 내가 죽기
라도 한 것처럼 호들갑을 떨었다. 가을
처럼 동맥을 이로 물어뜯고 싶었다. 이
대로 죽어버렸으면 했다.

*

국어가 왔다. 노란 카라꽃 한 다발을
안고 있었다. 엄마하고 가볍게 인사를
나눴다. 국어가 미간을 찌푸린 채 날 내
려다보았다. 거즈를 붙인 이마에 손을
대더니 괜찮냐고 물었다. 머리가 완전
히 돌아버렸는지 국어가 하는 행동과
말이 슬로모션으로 보였다. 인사하고
싶은데 혀가 자꾸 말려들어서 말이 안

나왔다.

"왜 이래요?"

국어가 물었다.

"진정제를 놔서 그래요. 삼십 분만 더 지나면 괜찮대요."

잘못한 여학생처럼 주눅이 든 엄마가 변명하듯 대답했다. 국어는 눈물을 참지 못하고 급하게 고개를 돌렸다. 엄마는 어쩔 줄 몰라 하다가 티슈를 건넸다. 국어는 우는 얼굴을 보여주기 싫은 듯 벽을 향해 뒤돌아서서 티슈로 눈물을 닦았다.

가을을 따라 방송반에 들어갔다. 가을은 목소리가 고와서 디제이를 하고 있었다. 작가가 꿈이라 대본도 직접 썼다. 나는 사실상 아무것도 하지 않았지만, 가을과 방송실에서 함께하는 시간이 학교에서 유일하게 의미 있다고 생각했다.

가을은 국어와 특별히 친했다. 국어에게도 한때 소설가의 꿈을 키우며 습작했던 시절이 있었기에 가을에 대한 애정이 남달랐을 것이다. 둘은 따로 만나 예술영화를 보거나 맛있는 것을 먹기도 했다. 국어는 『금각사』, 『가면의 고백』 같은 책을 가을에게 선물해서 그 애의 마음을 조금씩 훔쳤다.

이내 가을과 국어 사이에 나도 꼈다. 주말에 연극을 보거나 동네서점 투어를 다녔다. 가끔은 카페에 갔다. 가을은 소설을 쓰고 국어는 책을 읽고 나는 필사를 했다.

"어머니, 식사라도 하시고 오세요. 병실에는 제가 있겠습니다."

국어가 싫다는 엄마를 결국 식당으로 보냈다. 커튼이 쳐져 있어서 지금이 낮인지 밤인지 분간하기 어려웠다.

"정국아, 가을이 보고 싶지? 우리 가을이 만나러 가자."

국어가 내 팔에 꽂혀 있던 주삿바늘을 뽑고 알코올 솜을 꺼내 지혈해주었다. 맨살이 차게 식은 타일에 닿을 때처럼 소름이 돋았다. 나는 몸을 제대로 일으키지 못했다. 국어가 담배에 불을 붙여 입술에 대주었다. 나는 천천히 담배를 피웠다. 머리가 깨질 듯이 아팠다. 시야가 뿌옇게 흐려지더니 빙그르르 돌았다. 침대 밑으로 떨어졌다. 국어가 재빨리 나를 일으켜 세웠다. 담배를 피우니 조금씩 제정신이 돌아왔다. 국어가 화장품 파우치를 꺼냈다.

"이리 와. 화장해줄게."

국어한테 바짝 붙었다. 마른 낙엽 냄새가 났다.

"피부 화장은 자연스럽게 하고 아이라인을 두껍게 그려주세요. 평소에 제가

경로이탈   41

하는 것처럼요."

화장을 마친 국어가 거울을 보여주었
다. 화장된 얼굴이 매우 마음에 들었다.
국어가 내 머리를 부드럽게 쓰다듬었
다.

"정말 아름다운 머리였는데."

나는 국어가 더는 머리를 만지지 못하
게 몸을 틀었다.

"다시 염색하면 돼요."

"미안해."

"뭐가요?"

국어는 나하고 눈을 맞추지 못했다. 뭔
가 큰 잘못을 저지르기라도 한 것처럼.

"전부다. 모든 게 나 때문인 거 같아."

국어는 더는 말을 잇지 못했다.

"뭔데요?"

"내가 너희 둘이 게이라고 화장실에
낙서했어."

정신이 멍했다. 그 망할 놈의 소문을

국어가 냈다니.

"가을이 잘못되면 당신 죽여버릴 거야."

가을과 내가 게이 커플이라는 소문은 느닷없이 돌기 시작했다. 헛소리하는 놈 중 하나를 잡아 대갈통을 깨놨더니 잠잠해졌다. 하지만 애들은 우리 앞에서만 조심할 뿐 소문을 일파만파로 퍼트렸다. 소문의 시작점이 국어라는 게 믿기지 않았다.

"정국아"

국어가 내 팔을 잡았다. 나는 있는 힘껏 팔을 뿌리쳤다. 국어가 뒷걸음치더니 보조 침대에 걸려 넘어졌다. 몹시 아플 텐데 찍소리도 내지 않았다.

"정말 미안해. 너희에게 사죄할 기회를 주면 안 되겠니."

"그만 나가세요."

국어에게 한마디도 듣고 싶지 않았다.

"정국아, 내 말 들어봐. 오늘 아니면 가을이 다시는 못 만날지 몰라. 내일 격리병동으로 옮긴대."

"격리병동이라뇨?"

"아버님이 가을이를 정신병원에 입원 시킬 건가 봐."

"미친. 아, 짜증 나."

피가 거꾸로 솟는 기분이었다.

"내가 어머니 몰래 가을이 있는데 데 려다줄게."

"선생님께 문제가 될 수도 있어요."

"상관없어. 이렇게라도 사죄하고 싶 어."

당장 가을을 구하러 가야 했다. 하지만 아무래도 머리 스타일이 마음에 안 들 었다. 이래서야 힘을 쓸 수가 없었다. 내 가 한심하고 형편없이 느껴졌다.

"머리 때문에 그러는 거지?"

국어는 내 마음을 바로 알아챘다. 나는

대꾸하지 않았지만, 국어가 뭔가를 떠올린 듯이 파우치를 뒤졌다. 그리고 눈썹칼을 꺼냈다.

"나한테 머리 맡겨줄래?"

"맘대로 해요."

국어가 머리를 미는 걸 내버려두었다. 담배를 내리 세 대를 피우고 나자 속이 뒤집혔다. 쓰레기통에 물과 위액을 토했다.

"머리카락이 없으면 염색할 필요도 없지?"

국어가 말했다.

국어에게 거울을 받아서 머리를 비춰보았다. 민 머리가 제법 잘 어울렸다.

*

국어가 가을이 어머니의 주의를 붙잡아둔 사이에 가을의 병실로 들어올 수 있었다.

 가을은 눈과 입을 제외한 얼굴 전체를 붕대로 감고 있었다.

 "하이, 요조."

 가을이 손을 번쩍 들고 인사했다. 가을은 멀쩡한 이름을 두고 나를 요조라고 불렀다. 요조는 "나는 그 사나이의 사진을 석 장 본 적이 있다."라고 시작하는 소설 『인간 실격』의 주인공이었는데 그야말로 인간 쓰레기의 전형이었다. 하지만 온갖 더럽고 나쁜 일을 해도 이상하게 밉지 않았다. 석 장의 사진에 찍힌 요조의 추한 얼굴을 상상해봤다. 상상 속의 얼굴은 골룸 같기도, 일본 도깨비 오니 같기도 했다. 도통 제대로 된 사람의 얼굴은 떠오르지 않았다. 그 정도는 되어야 인간 쓰레기라 할 만했다.

 "요조, 왜 그렇게 인상을 써. 웃어야 복이 온다잖아."

"닥쳐. 멍청아. 죽을 거면 절대 실패하지 말라고 했지. 엉뚱하게 병신이라도 되면 바보 된다고 했어, 안 했어?"

"병신 안 됐잖아."

가을이 소리 내어 웃었다. 가을의 웃음은 천진난만 그 자체였다. 순수하고 깨끗하고 맑았다. 어린아이의 미소 그대로였다. 가을만 빼고 모두 그 미소를 잃어버렸다. 어른의 비웃음을 배웠다.

"그렇게 웃지 말라고 했지."

짜증이 올라왔다. 물이 담긴 텀블러를 냅다 바닥에 내리꽂았다. 뚜껑이 요란한 소리를 내며 분해됐다. 텀블러는 팽이처럼 팽그르르 돌며 물을 바닥에 쏟았다. 사실은 무서웠다. 그리고 얼굴이 완전히 망가져버린 가을이 안쓰러웠다. 나약한 모습 보이고 싶지 않아서 화를 냈다.

"그렇게 해맑게 웃으면 개새끼들이 우

습게 본다고 몇 번을 말해, 이 새끼야.”

"내 보디가드, 요조가 있잖아.”

"내가 언제까지 널 지켜줄 순 없어. 멍청아.”

눈물이 나올 것 같았다.

"네 몸은 네가 지켜.”

"그럼 내 얼굴이 나을 때까지만 지켜줘.”

"그래.”

나는 마지못해 고개를 끄떡였다. 이 녀석이 하는 부탁은 거절할 수가 없었다. 가을이 내게 말했다.

"진짜 바보는 요조 바로 너야.”

전학 온 첫날이었다. 나는 무표정으로 일관하며 한마디도 하지 않았다. 아빠의 이름 덕분에 나는 이미 유명 인사가 되어 있었다. 전학할 때마다 겪는 일이었다. 이 학교를 언제 떠날지 모르지만 최

소한 쪽팔릴 일은 만들지 않으려 했다.

점심시간이었다. 급식실에 가기 전에 화장실에 먼저 들렀다. 화장실 바닥에 구정물이 흥건하게 고여 있었다. 가을은 구정물에 코를 박고 지렁이처럼 꿈틀대고 있었다. 대여섯 명의 남자애들이 가을을 둘러싸고 키득거리고 있었다. 나는 볼 일이 급해서 재빨리 화장실 칸 안으로 들어갔다. 남자애들 목소리가 들렸다.

"너, 게이지? 남자들끼리는 어떻게 하냐? 여기서 한번 해봐."

저것들의 뇌에는 우동 사리만 가득할 것이다.

"이 새끼 눈 안 깔아? 개새끼, 죽고 싶지? 게이 새끼가 자존심은 있다 이거냐?"

얼굴이 바닥에 짓이겨져 힘겨운 듯한 가을의 대답이 들렸다.

"떼로 덤비는 거, 부끄러운 줄 알아."

비굴하지 않은 녀석이 마음에 들었다. 지금껏 봐온 세다는 놈들은 떼로 모였을 때만 그랬지 실상 혼자 있으면 뭣도 아닌 것들이었다. 나는 변기 물을 내리는 것도 잊고 화장실 칸을 박차고 나왔다. 가을이 짓밟혀 몸을 떨고 있었다.

내가 가을에게 물었다.

"너, 진짜 게이냐?"

"아니야."

가을이 피범벅이 된 얼굴을 가로저었다. 나는 남자애들을 노려보았다.

"다 덤벼. 난 떼로 덤벼도 되니까."

놈들을 반 정도 죽여놓았다. 덕분에 엄마는 전학 절차를 마치고 집으로 가던 중에 학교로 차를 돌려야 했다. 전학 첫날 일주일 유기 정학을 받았다.

"요조, 이제 나 걱정 안 해도 돼."

"뭔 소리야?"

"이 무서운 얼굴이 날 지켜줄 거거든."

가을이 붕대를 풀었다. 가슴이 심하게 요동쳤다. 얼굴을 난도질했다는데 얼마나 끔찍할까, 어떤 치료를 받아야 흉터가 덜 생길까, 별의별 생각이 다 들었다. 가을은 신난 듯 보였다. 새롭게 획득한 귀한 게임 아이템을 선보이는 것처럼 설레했다.

"짜잔."

장미 가시에 긁힌 듯도, 고양이 발톱이 할퀸 듯도 한 상처가 뺨에 길게 나 있었다. 어떻게 봐도 커터 칼로 난도질한 얼굴처럼 보이지 않았다. 잠결에 긁어서 생긴 상처 같았다.

"어때? 이제 누구도 날 만만하게 못 보겠지?"

가을은 조폭의 보스라도 된 것처럼 신이 나서 침대 위에서 팔짝팔짝 뛰었다.

"그때 방송실에서 피 엄청나게 쏟았잖아. 이게 그 상처야?"

"아니. 그건 여기가 찢어져서."

가을이 이마를 깠다.

"어디?"

"여기."

자세히 봤더니 헤어라인에 작게 꿰맨 상처가 보였다. 겨우 한 바늘이었다.

"이 새끼가."

안도감에 헛웃음이 터졌다. 가을이 민망한지 뒷머리를 긁적였다. 오로지 나를 놀리려고 붕대 쇼를 준비했던 것이다.

"머리 쪽은 혈관이 많아서 상처가 작아도 피가 많이 나온다고 하더라고."

가을이 변명을 늘어놓았다.

"거긴 왜 찢어졌어?"

"다혜가 밀어서 테이블 모서리에 머리를 찧었어"

"소문은 다 뭐야?"

"다혜 혼자서 북 치고 장구 치고 한 거야. 나중에는 기절하는 생쇼를 다 하더라니까. 내가 피를 너무 많이 흘리니까 무서웠겠지. 혹시 학폭위라도 열리면 수시 망치는 거잖아."

가을은 부모님을 통해서 소문을 전해 들었지만 굳이 사실을 바로잡지 않았다. 학교에 돌아가지 않을 생각이라 가만히 있었다고 했다. 가을이 입을 닫고 있으니 다혜가 더 떠들어대는 것 같았다. 그러고는 신경정신과 치료가 필요하단다.

"뭐 좀 물어봐도 되냐?"

내가 말했다.

"응."

"다혜 안 좋아하잖아. 왜 따라다녔어?"

이유가 늘 궁금했었다. 가을이 잠시 고

민하다가 말했다.

　"우리 둘을 두고 이상한 소문이 돌았잖아. 너를 지키고 싶었어."

　가을은 다혜와 나를 이어주려 했다. 내가 이성 친구를 사귀면 게이라는 소문이 자연히 사라질 테니까.

　"이왕이면 다홍치마라잖아. 우리 학교 최고 인기녀를 사귀게 해주고 싶었어."

　기가 막혀서 헛웃음이 나왔다.

　"내 여자친구는 내가 마음에 드는 사람으로 정할게."

　가을이 알겠다고 답했다. 녀석도 자기 행동이 도를 넘은 걸 아는 것인지 미안해했다. 나는 화제를 전환할 겸 바로 가을의 손목을 잡아챘다.

　"손목 좀 보자."

　손목의 상처가 깊었다. 야수가 물어뜯은 것처럼 연보랏빛 잇자국이 남아 있었다. 부모님이 가을을 격리병동에 입원시키려고 한 건 방송실 사건 때문이 아니라 손목을 물어뜯는 이상행동 때문이었다.

"아빠가 다시는 요조를 못 만나게 한다잖아. 소설도 쓰지 말라고 하고. 그동안 써놓은 소설을 복구도 못 하게 전부 삭제해버렸더라고. 눈이 안 돌아?"

가을이 얼마나 힘들었을지 알 만했다. 나라도 손목을 물어뜯었을 것이다. 조금 숙연해져서 새로운 주제를 꺼냈다.

"머리 새로 했는데, 어때?"

"완전 멋져."

나는 괜히 쑥스러워서 머리를 긁적였다. 손에 닿는 까슬까슬한 감촉이 낯설었지만 나쁘지 않았다. 가을이 서랍에서 옷가지를 꺼냈다.

"뭐해?"

"가야지."

"어딜?"

"나, 이대로 격리병동에 입원할까? 국
어가 시간 끄는 동안 빨리 빠져나가야
해."

  국어는 어제도 왔었다고 했다. 가을에
게도 낙서 사건을 고백하고 용서를 구
했다. 그리고 우리를 도와주기로 했다.

"가을, 어디 가고 싶어?"

"바닷가가 좋겠어. 여차하면 밀항선을
탈 수 있잖아. 요조는?"

"세상 끝에 한번 가보고 싶어."

"좋았어. 우리 땅끝마을로 가자."

  그때 국어가 들어왔는데 가을이 어머
니는 보이지 않았다. 국어가 초조한 듯
말했다.

"아직 이러고 있으면 어떡해."

"엄마는요?"

  가을이 물었다.

"전복죽 드시고 계셔. 너희들 빨리
가."

국어가 지갑과 차 열쇠를 쥐여주었다.

"선생님은 같이 안 가세요?"

가을이 국어를 잡았다.

"난 안 가."

국어가 손을 내밀었다.

"우리는 여기서 헤어지자. 그리고 꼭 다시 만나."

나는 국어의 손을 가볍게 잡았다가 놓았다. 국어가 가을에게 글쓰기를 멈추지 말라고 당부했다. 진짜 선생 같았다. 내가 국어에게 물었다.

"선생님은 자신이 열여덟에 머물러 있다고 생각하세요?"

"다시 성장하기 시작한 거 같아."

가을의 팔을 잡아끌었다.

"가을아, 가자."

가을이 마냥 국어를 쳐다보았다.

"어서 가."

국어가 우리를 밀어냈다.

"그동안 감사했어요."

국어가 자신의 나이를 찾았으면 좋겠다. 가을의 손을 잡아끌고 병실을 나왔다.

*

"운전할 줄 알아?"

가을이 물었다. 당연히 운전할 줄 몰랐지만 호기롭게 말했다.

"범퍼카 몰듯이 하면 되겠지."

"범퍼카 운전 실력은 요조를 따라올 사람이 없지."

핸드폰으로 내비게이션 앱을 실행했다. 땅끝마을까지 다섯 시간 십칠 분이었다.

"안내를 시작하겠습니다. 안전운전하십시오."

액셀러레이터를 천천히 밟았다. 국어

의 아반떼가 부드럽게 움직였다. 가을이 라디오를 틀었다. 90년대 노래가 흘러나왔다. 우리는 2000년대 중후반에 태어났는데.

"땅끝마을에서 뭐 해 먹고 살지?"

"작은 식당을 여는 거야."

"뭘 팔 건데?"

가을이 당연한 거 아니냐는 듯이 답했다.

"컵라면. 우리는 물만 끓이면 돼."

"손님이 올까?"

"대한민국 최고의 꽃미남이 드럼을 치고 칼자국 사나이인 내가 노래를 부르는데 안 오고 배기겠어?"

며칠이면 사라질 상처를 두고 칼자국이라니, 어이가 없었다.

"안 올 거 같은데"

"서비스로 네일아트를 해주는 거야. 아마 손님이 미어터질걸."

가을이 매니큐어를 바른 새끼손톱을 들어 보였다. 우리는 배꼽을 잡고 웃었다. 금세 운전이 익숙해졌다. 능숙하게 도로를 탔다. 퇴근 시간이 지나 한산했다. 우리는 빠르지도, 느리지도 않았다. 그런데 갑자기 주변의 차들이 속도를 줄였다. 경찰차와 경찰들이 보였다. 음주단속이었다.

 "요조, 어떡해?"

 "나도 몰라."

 우리 순서가 될 때까지도 어떻게 할지 결정하지 못했다. 경찰관이 창문을 내리라는 동작을 취했다. 나는 액셀러레이터를 힘껏 밟았다. 차가 굉음을 내며 앞으로 튕겨나갔다. 감당하기 어려울 정도로 속도가 빨라졌다. 다행히 차가 많지 않았다. 범퍼카를 운전하는 것처럼 핸들을 정신없이 돌렸다. 사이렌 소리를 내며 경찰차가 따라붙었다.

"경로를 이탈하셨습니다."

안내 음성이 반복돼도 무작정 달렸다.

"경로를 이탈하셨습니다."

경부고속도로로 통하는 도로에 접어들었다. 통행량이 많아서 차들이 서행했다. 앞차와의 간격은 점점 가까워지고 사이렌 소리는 커져갔다. 가을이 말했다.

"요조, 그냥 달려. 우리가 달리는 곳이 곧 길이야."

나는 핸들을 꺾어 중앙선을 넘었다. 가을의 말이 맞았다. 조금 돌아간다고 큰일이 나는 건 아니니까. 목적지가 어딘지 안다면 시간이 걸리더라도 언젠가 도착할 수 있었다.

"경로를 이탈하셨습니다. 경로를 재탐색하겠습니다."

내비게이션을 껐다. 우리에게 내비게이션은 필요 없다. 우리의 길은 우리가

찾을 것이다. 액셀러레이터를 더 세게
밟았다.

작가의 말

　질풍노도의 청소년기를 보냈다. 매일 원인 모를 분노가 내 안에서 솟아났다. 호르몬의 영향이라지만 증상이 유달리 심했다. 짜증과 화가 일상이었다. 가족에게 모든 화를 풀었다. 부끄러움이 많은 데다 성격이 소심해서 학교에서는 조용한 편이었다. 얌전한 척 본성을 감추고 숨죽여 살았다. 사람들이 진짜 내 모습을 알게 될까 봐 늘 불안에 떨었다. 겉과 속이 다른 스스로를 깊이 혐오했다.

　지옥의 구렁텅이에서 나를 구해낸 것

은 책이었다. 정확하게는 소설이었다. 중학교 1학년 때 담임 선생님은 생일인 학생에게 소설책을 한 권씩 선물했다. 나는 헤르만 헤세의 『수레바퀴 밑에서』를 받았다.

　책을 읽고 처음 느꼈던 건 경악이었다. 내용이 너무나 충격적이어서 며칠은 넋이 나간 채 지냈다. 어른의 세계에 미리 발을 들여놓은 기분이었다. 다른 사람의 삶을 들여다보는 게 이렇게 멋진 일인지 미처 몰랐다. 책을 통해 큰 위로를 받았다.

그때부터 틈날 때마다 책을 읽었다. '모모'와 '제제'는 그 시절 내가 가장 사랑한 소설 속 인물이었다. 에밀 아자르의 소설 『자기 앞의 생』의 주인공 모모가 사람은 사랑 없이 살 수 없다며 "사랑해야 한다."라고 말했듯이, 나는 길을 잃은 청소년, 위로가 필요한 청소년, 행복해지고 싶은 청소년에게 책읽기를 권하고 싶다. 그리고 지금의 방황을 두려워하지 않았으면 좋겠다. 결국 우리는 목적지에 당도할 테니까.

성인이 되어가는 여정이
부디 찬란하기를.

2024년 10월
서경희

경로이탈

초판 1쇄 발행 2024년 11월 5일

지은이   서경희
펴낸이   서경희
펴낸곳   문학정원

출판등록 제2021-000346호
전화   070-8065-4766
팩스   070-8015-6863
전자우편 hiheehoo@naver.com
주소   서울특별시 마포구 월드컵북로 400
          서울경제진흥원 5층 10호(상암동)

ⓒ 서경희 2024
ISBN   979-11-981024-3-0 (43810)
값   10,000원